Jocelyn Boisvert

Pascal Colpron

Mort et déterré

1 Un cadavre en cavale

Couleurs : Usagi

DUPUIS

À Benoît Fripiat, pour sa patience,
À Maryse et Marc, pour leur coup de pouce,
À Jocelyn, pour le Big Bang,
À Patricia, Chantale et Jean-Frédéric, pour leurs couleurs,
À ma famille pour son soutien,
Mes deux lumineuses filles,
Ma résiliente épouse,
Et à tous mes amis et proches disparus.

Vous avez tous une demeure à Val-des-Anges.

Pascal.

Un grand merci à Colombe Labonté et à Robert Soulières,
fondateurs de la chaleureuse maison d'édition où Yan Faucher est né.

Une tape amicale à Marc Delafontaine et à Maryse Dubuc – alias Delaf et Dubuc –
pour leurs encouragements et leurs judicieux conseils.

Une reconnaissance infinie à Benoît Fripiat pour avoir
adopté mon gentil personnage de zombie.

Une bonne main d'applaudissements à Pascal Colpron
pour son incommensurable talent.

Et pour finir, un clin d'œil à mes enfants, Mariko et Christophe,
qui ont vu le jour pendant l'écriture du roman « Mort et déterré »,
dont cette série BD est librement adaptée.

Jocelyn.

PREMIÈRE ÉDITION

Conception graphique : Daphné Belt.

Dépôt légal : août 2019 – D/2019/0089/237
ISBN 978-2-8001-6992-7

Éditions Dupuis s.a., rue Destrée 52, 6001 Marcinelle, Belgique.
Imprimé en Belgique par Lesaffre, rue de la Borgnette 19, 7500 Tournai.
Achevé d'imprimer en juillet 2019.

www.dupuis.com

JE NE ME PRÉLASSE PAS...
JE TRÉPASSE. C'EST PAS PAREIL.
LA VIE ME FILE ENTRE LES DOIGTS...
JE ME DEMANDE SI ON VA TOUT DE SUITE AU CIEL QUAND ON MEURT...
C'EST CE QUE JE VAIS DÉCOUVRIR BIENTÔT.
C'EST CHIANT, LA MORT...
ÇA CONTRARIE LES PLANS.
CE MATIN, QUAND JE ME SUIS RÉVEILLÉ, J'ÉTAIS LOIN DE PENSER QUE J'ALLAIS VIVRE LA DERNIÈRE JOURNÉE DE MA VIE...
SI J'AVAIS SU, JE SERAIS RESTÉ COUCHÉ.

DEBOUT LES MORTS!
PVÛÛÛÛÛÛT!!!
YAN?
RHAAAAA!
ÇA T'APPRENDRA À POSER TA BOUCHE PLEINE DE MICROBES SUR MON INSTRUMENT...
HA! HA! HA! HA!
ET À ME DÉRANGER PENDANT QUE JE RÊVE D'UNE JOLIE FILLE!
ALLEZ, DÉPÊCHE-TOI DE TE LEVER!
C'EST AUJOURD'HUI QUE ÇA SE TERMINE...
LA DERNIÈRE JOURNÉE AVANT LES VACANCES!
MOI, C'EST DE TOI QUE J'AI RÊVÉ! T'ÉTAIS UN SUPER-HÉROS...
DEVINE C'ÉTAIT QUOI, TON SUPER-POUVOIR?
LES FILLES TOMBAIENT EN PÂMOISON EN SENTANT MA SUPER-HALEINE?
ELLES TOMBAIENT RAIDES MORTES, TU VEUX DIRE.
MAW?
CLAC
HÉÉÉ!
JE DONNE MA LANGUE À CROQUEMITAINE.
?
T'ÉTAIS INSENSIBLE À LA DOULEUR. PERSONNE NE POUVAIT TE FAIRE DU MAL.
QUE J'EN VOIE UN ESSAYER DE FAIRE DU MAL À MES ENFANTS!

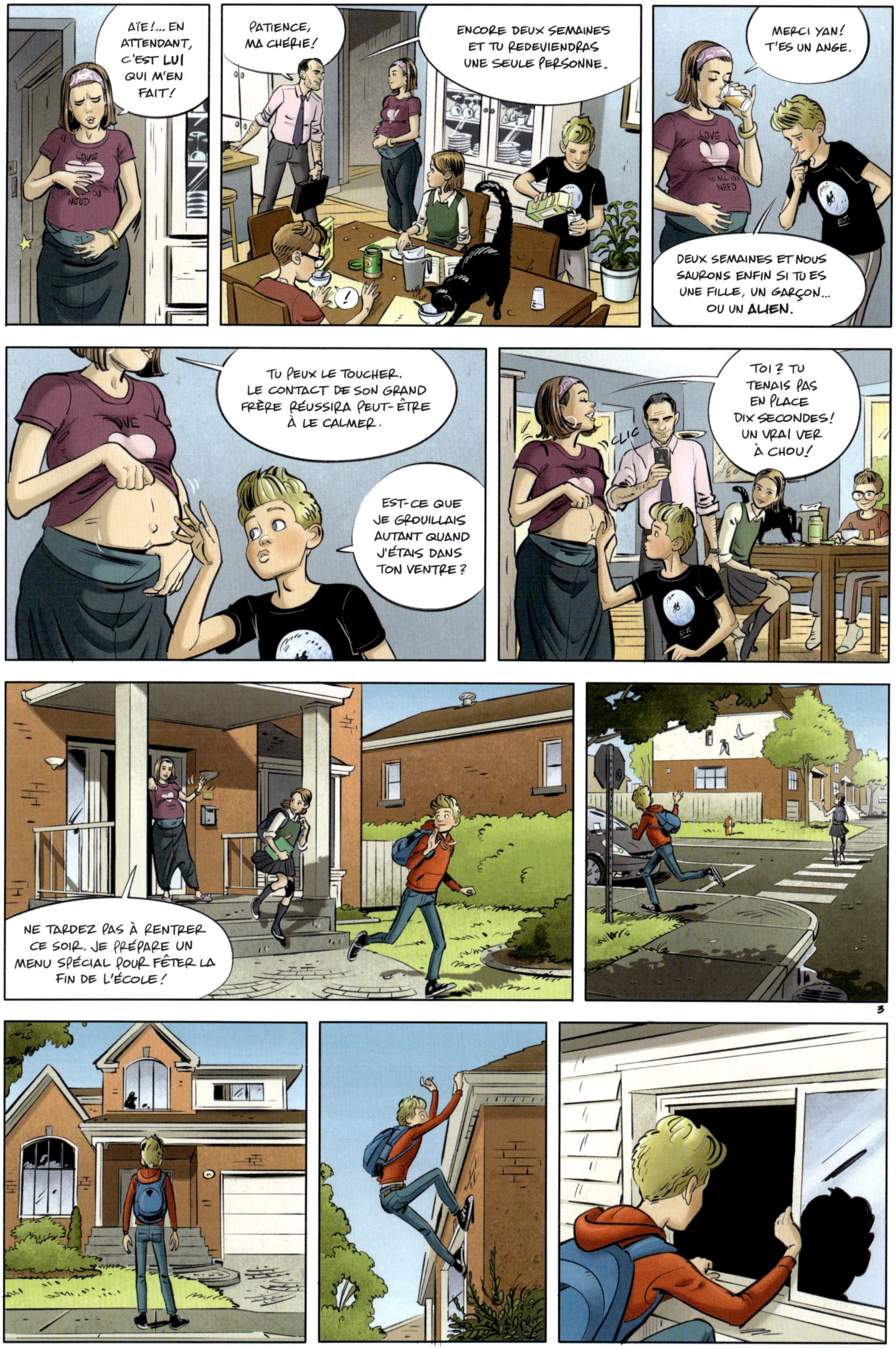
AÏE !... EN ATTENDANT, C'EST LUI QUI M'EN FAIT !
PATIENCE, MA CHÉRIE !
ENCORE DEUX SEMAINES ET TU REDEVIENDRAS UNE SEULE PERSONNE.
MERCI YAN ! T'ES UN ANGE.
DEUX SEMAINES ET NOUS SAURONS ENFIN SI TU ES UNE FILLE, UN GARÇON... OU UN ALIEN.
TU PEUX LE TOUCHER. LE CONTACT DE SON GRAND FRÈRE RÉUSSIRA PEUT-ÊTRE À LE CALMER.
EST-CE QUE JE GROUILLAIS AUTANT QUAND J'ÉTAIS DANS TON VENTRE ?
CLIC
TOI ? TU TENAIS PAS EN PLACE DIX SECONDES ! UN VRAI VER À CHOU !
NE TARDEZ PAS À RENTRER CE SOIR. JE PRÉPARE UN MENU SPÉCIAL POUR FÊTER LA FIN DE L'ÉCOLE !

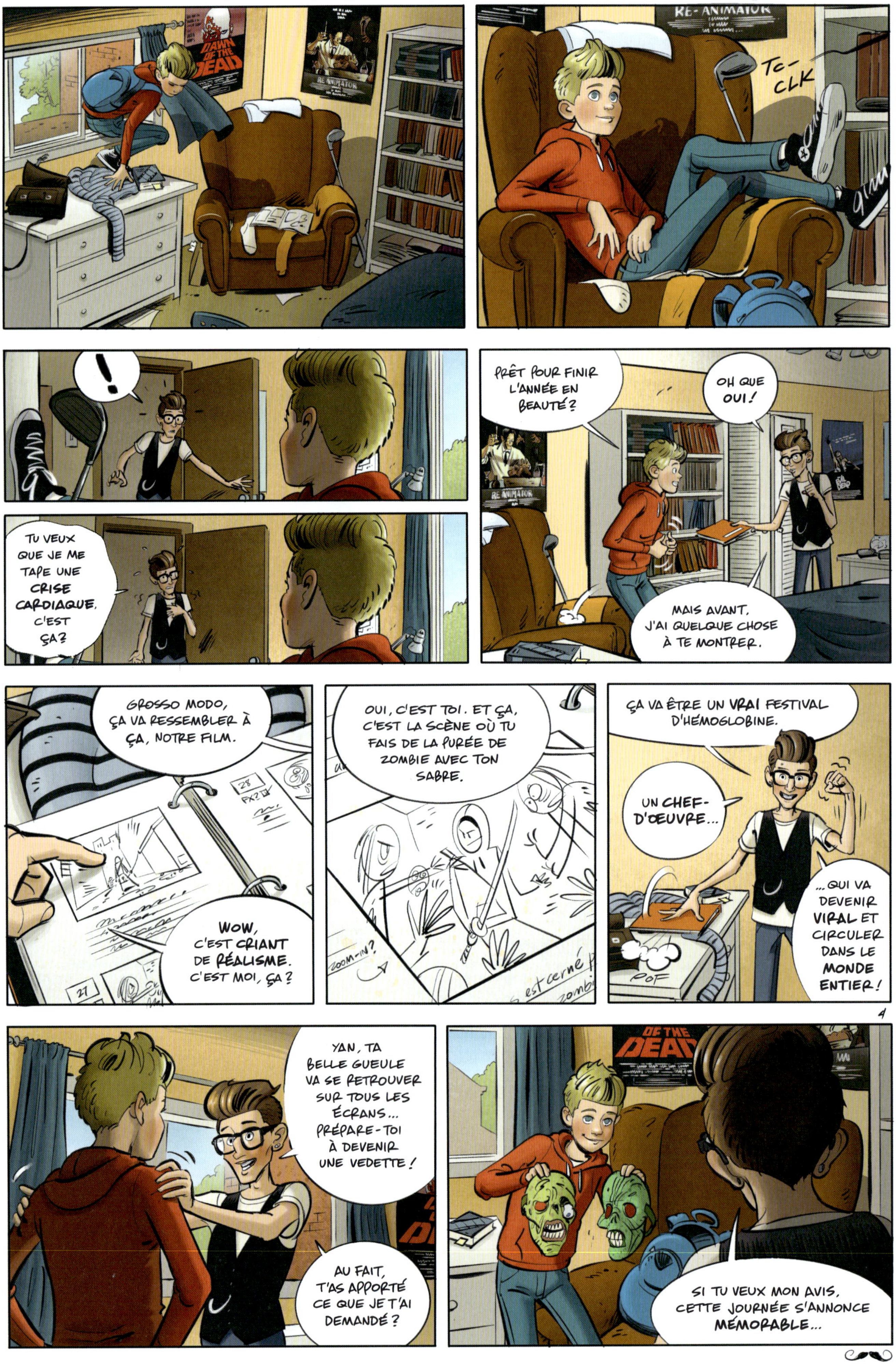
Tc-
CLK
!
PRÊT POUR FINIR L'ANNÉE EN BEAUTÉ ?
OH QUE OUI !
TU VEUX QUE JE ME TAPE UNE CRISE CARDIAQUE, C'EST ÇA ?
MAIS AVANT, J'AI QUELQUE CHOSE À TE MONTRER.
GROSSO MODO, ÇA VA RESSEMBLER À ÇA, NOTRE FILM.
WOW, C'EST CRIANT DE RÉALISME. C'EST MOI, ÇA ?
OUI, C'EST TOI. ET ÇA, C'EST LA SCÈNE OÙ TU FAIS DE LA PURÉE DE ZOMBIE AVEC TON SABRE.
ZOOM-IN ?
ÇA VA ÊTRE UN VRAI FESTIVAL D'HÉMOGLOBINE.
UN CHEF-D'OEUVRE...
... QUI VA DEVENIR VIRAL ET CIRCULER DANS LE MONDE ENTIER !
POF
YAN, TA BELLE GUEULE VA SE RETROUVER SUR TOUS LES ÉCRANS... PRÉPARE-TOI À DEVENIR UNE VEDETTE !
AU FAIT, T'AS APPORTÉ CE QUE JE T'AI DEMANDÉ ?
SI TU VEUX MON AVIS, CETTE JOURNÉE S'ANNONCE MÉMORABLE...

UHNNNN...
GREUUUUH...
BLA BLA...
BLA BLA...
RAAAAAAAAAH...
GREUUUUUUUH...
CE QUI FAIT PEUR, C'EST PAS VOS MASQUES...
C'EST VOTRE CONNERIE.
DÉGAGEZ, MAINTENANT ! ON VOUS A ASSEZ VUS... ET ON NE VOUDRAIT PAS QUE LES AUTRES PENSENT QU'ON FRÉQUENTE DES TARÉS DANS VOTRE GENRE, CE SERAIT MAUVAIS POUR NOTRE RÉPUTATION.
DANS CE CAS, LES DEUX TARÉS VONT SE RETIRER...
MAIS PAS AVANT QUE VOUS LEUR AYEZ DONNÉ UN BISOU !!!
SI TU PENSES QUE JE VAIS SOUILLER MES LÈVRES SUR LES TIENNES, KOWALSKI !
EN FAIT, ON VIENT PAS VOUS SOUTIRER UN BAISER MAIS VOUS OFFRIR UN RÔLE DANS LE FILM DE ZOMBIES QU'ON VA TOURNER CET ÉTÉ. ÇA VOUS TENTE ?
REMETTEZ VOS MASQUES, LES GARÇONS, Z'ÊTES PLUS BEAUX AVEC !
PF-FFF !
AAAH !
MOI, JE VEUX BIEN...

JE VEUX DIRE... PARTICIPER À VOTRE FILM...
...MAIS PAS COMME COMÉDIENNE. JE SAIS PAS FAIRE SEMBLANT...
...MAIS SI VOUS TOURNEZ UN FILM D'HORREUR, IL VOUS FAUDRA UNE MAQUILLEUSE...
...ET JE SUIS VRAIMENT DOUÉE POUR LE MAQUILLAGE.
EUH... OUI, BIEN SÛR! ON A BESOIN DE TOUTE L'AIDE QU'ON PEUT TROUVER.
LAISSE-NOUS TON NUMÉRO...
Alice 555-1973
APPELLE-MOI...
DOMMAGE QUE LA PRINCESSE DES TÉNÈBRES NE SOIT PAS COMÉDIENNE, ELLE AURAIT FAIT UNE BONNE **MORTE-VIVANTE**.
EN TOUT CAS, ELLE A LA TÊTE DE L'EMPLOI!
EXAMEN FINAL
YAN, Y A QUELQU'UN QUI SOUHAITE TE PARLER.

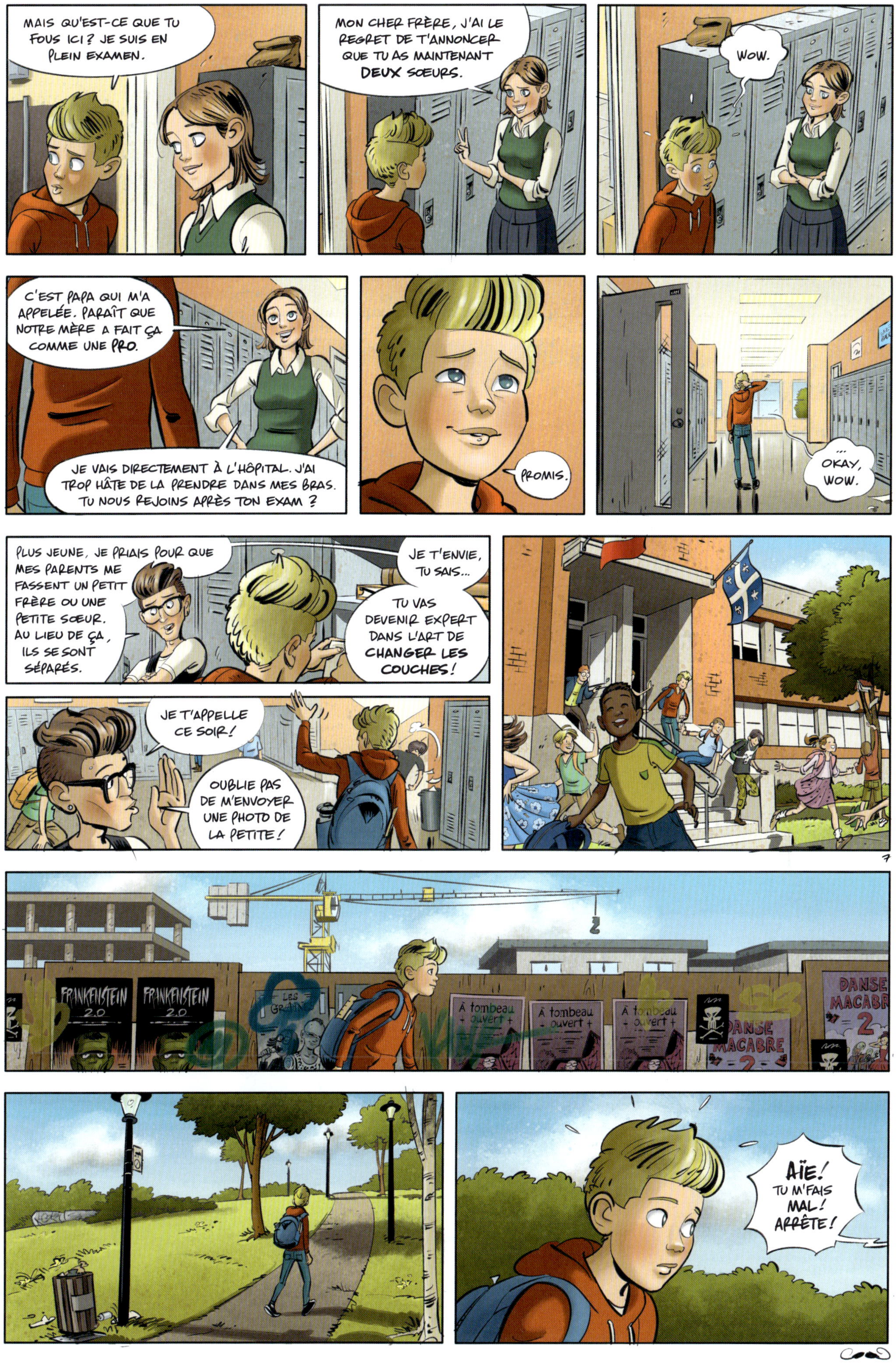
MAIS QU'EST-CE QUE TU FOUS ICI ? JE SUIS EN PLEIN EXAMEN.
MON CHER FRÈRE, J'AI LE REGRET DE T'ANNONCER QUE TU AS MAINTENANT DEUX SOEURS.
WOW.
C'EST PAPA QUI M'A APPELÉE. PARAÎT QUE NOTRE MÈRE A FAIT ÇA COMME UNE PRO.
JE VAIS DIRECTEMENT À L'HÔPITAL. J'AI TROP HÂTE DE LA PRENDRE DANS MES BRAS. TU NOUS REJOINS APRÈS TON EXAM ?
PROMIS.
... OKAY, WOW.
PLUS JEUNE, JE PRIAIS POUR QUE MES PARENTS ME FASSENT UN PETIT FRÈRE OU UNE PETITE SOEUR. AU LIEU DE ÇA, ILS SE SONT SÉPARÉS.
JE T'ENVIE, TU SAIS...
TU VAS DEVENIR EXPERT DANS L'ART DE CHANGER LES COUCHES !
JE T'APPELLE CE SOIR !
OUBLIE PAS DE M'ENVOYER UNE PHOTO DE LA PETITE !
FRANKENSTEIN 2.0
FRANKENSTEIN 2.0
À tombeau ouvert
À tombeau ouvert
À tombeau ouvert
DANSE MACABRE 2
DANSE MACABRE 2
AÏE ! TU M'FAIS MAL ! ARRÊTE !

J'AI PAS L'IMPRESSION QUE TU ME PRENDS AU SÉRIEUX, LÀ...
C'EST AUJOURD'HUI QUE TU DEVAIS M'APPORTER L'ARGENT.
PAS DEMAIN ! AUJOURD'HUI !
T'AVAIS MAL ENTENDU ?
AÏE ! AÏE !
ET SI JE TE TRANCHAIS UN BOUT D'OREILLE...
... ÇA T'APPRENDRAIT P'T-ÊTRE À MIEUX ÉCOUTER À L'AVENIR ?
CLIC !
!
ATTEN...
...TIIIOOOON !
TCHAC
H.
H.
H.
HHHHHH...
MERDE, MERDE, MERDE, MERDE, MERDE...
TU CROIS QU'IL EST MORT ?

PAS MON PROBLÈME ! IL N'AVAIT QU'À SE MÊLER DE SES AFFAIRES.
IL FAUT APPELER LES SECOURS !
FAUT RIEN FAIRE DU TOUT.
ON... VA TOUT DE MÊME PAS LE LAISSER CREVER ?
ÉCOUTE-MOI BIEN, DUCON. SI TU VEUX PAS FINIR COMME CET ABRUTI...
...T'AS INTÉRÊT À LA BOUCLER. EST-CE QUE JE ME SUIS BIEN FAIT COMPRENDRE ?
MOI, JE V... VEUX PAS D'EMMERDES.
ON DÉCAMPE ! Y A QUELQU'UN QUI S'AMÈNE !
OH !
OH NON !!!
!
BRRR... BRRR... BRRR... BRRR...
C'EST PAS POSSIBLE... PAS POSSIBLE... NON...
MA NOUVELLE SOEUR EST NÉE QUELQUES JOURS AVANT LA DATE PRÉVUE...
MOI, C'EST PLUSIEURS DÉCENNIES TROP TÔT QUE JE SUIS MORT.

UN DERNIER ADIEU AVANT DE ME METTRE EN TERRE.
C'EST TRISTE DE MOURIR... INFINIMENT TRISTE POUR CEUX QUI RESTENT EN VIE.
LES PARENTS NE DEVRAIENT PAS SURVIVRE À LEURS ENFANTS. LES GRANDS-PARENTS, ENCORE MOINS.
T'AVAIS PAS LE DROIT DE PARTIR COMME ÇA...
JE SUIS LÀ, MARA. VA SAVOIR POURQUOI, MON ÂME N'A PAS QUITTÉ MON CORPS, MAIS ÇA NE SAURAIT TARDER.
DÉSOLÉ DE TE DÉCEVOIR, NATHAN...
TON RÊVE N'ÉTAIT PAS PRÉMONITOIRE. TON FRÈRE N'A RIEN D'UN SUPER-HÉROS...
T'ES UN GARS SUPER, YAN. LE MEILLEUR. JE SUIS SÛR QUE T'ES LÀ QUELQUE PART ET QUE TU NOUS OBSERVES EN TE MARRANT. N'HÉSITE PAS À ME FAIRE SIGNE, D'ACCORD?
TOUT CET AMOUR QU'ON ME TÉMOIGNE, ÇA ME FAIT CHAUD AU COEUR...
MÊME SI MON COEUR, ON ME L'A ENLEVÉ...
JAMAIS JE NE T'OUBLIERAI, YAN FAUCHER.
...POUR QU'IL CONTINUE DE BATTRE DANS LE CORPS DE QUELQU'UN D'AUTRE.
10

JE SUIS MORT ET ENTERRÉ.
AVEC LES TÉNÈBRES POUR SEULE COMPAGNIE.
EH BIEN, JE NE M'IMAGINAIS PAS LA MORT COMME ÇA...
SOUS TERRE, C'EST LE CALME PLAT. MES VOISINS REPOSENT EN PAIX. JE SUPPOSE QUE JE DEVRAIS EN FAIRE AUTANT. MAIS JE N'Y ARRIVE PAS.
UN MACCHABÉE QUI FAIT DE L'INSOMNIE, TU PARLES !
MON CERVEAU A BEAU SE DÉCOMPOSER DANS MON CRÂNE, JE DEMEURE CONSCIENT. C'EST NORMAL ?
COMMENT TUER LE TEMPS DANS SON CERCUEIL ?
J'IMAGINE QUE JE VAIS BIENTÔT REVOIR LE FILM DE MA TROP COURTE VIE... ET ENSUITE SOMBRER DANS UN SOMMEIL SANS FIN.
ON N'APPREND PAS ÇA À L'ÉCOLE !
EH BIEN, NON. RIEN DE TEL NE SE PRODUIT. JE RESTE PRISONNIER DE MON CORPS, HANTÉ PAR MES PENSÉES.
EN ATTENDANT LE GRAND SOMMEIL, JE RESSASSE LE PASSÉ POUR ME CONSOLER DE NE PAS AVOIR D'AVENIR.
IL N'Y A RIEN DE MIEUX QUE DE MOURIR POUR FAIRE LE POINT SUR SA VIE.
J'ESSAIE DE GARDER LE MORAL, CE QUI N'EST PAS AISÉ DANS MA SITUATION. J'IMAGINE LES MIENS, UNIS DANS LE DEUIL, PLUS UNIS QUE JAMAIS.
YAN ÉTAIT LE MEILLEUR FRÈRE AU MONDE...
Oral : mon héros
JE M'AMUSE À IMAGINER LES DIFFÉRENTES VIES QUE J'AURAIS PU MENER...
... SI JE NE M'ÉTAIS PAS FAIT POIGNARDER COMME UN IMBÉCILE.
APRÈS AVOIR FAIT CENT FOIS LE TOUR DE MES SOUVENIRS ET M'ÊTRE INVENTÉ DES DESTINS PARALLÈLES, JE COMMENCE À TROUVER LE TEMPS LONG.
J'AURAIS DÛ ESSAYER DE QUITTER MON CORPS AU MOMENT DU TRÉPAS...
N'AYANT RIEN À PERDRE ET RIEN D'AUTRE À FAIRE, JE TENTE DE ME TRANSFORMER EN FANTÔME ET DE M'ÉVADER DE MON ENVELOPPE CORPORELLE.
ALLEZ, CONCENTRE-TOI ! TU NE VAS PAS RESTER DANS CE TROU POUR L'ÉTERNITÉ...
ET PUIS, UN BEAU JOUR, LE MIRACLE SE PRODUIT...
JE NE RÉUSSIS PAS À M'ÉCHAPPER DE MON CORPS, MAIS À LE BOUGER.
INCROYABLE !
T'ES UN SURHOMME, YAN !
D'ABORD LES DOIGTS, PUIS LES BRAS, LES JAMBES ET TOUT LE RESTE. DANS LE VENTRE DE MA MÈRE, JE NE TENAIS PAS EN PLACE... EH BIEN, DANS MON CERCUEIL NON PLUS !
À TÂTONS, JE FAIS UNE DÉCOUVERTE QUI BOULEVERSE MON EXISTENCE.
IL Y A BIEN UNE LUMIÈRE INTÉGRÉE À MA MONTRE !

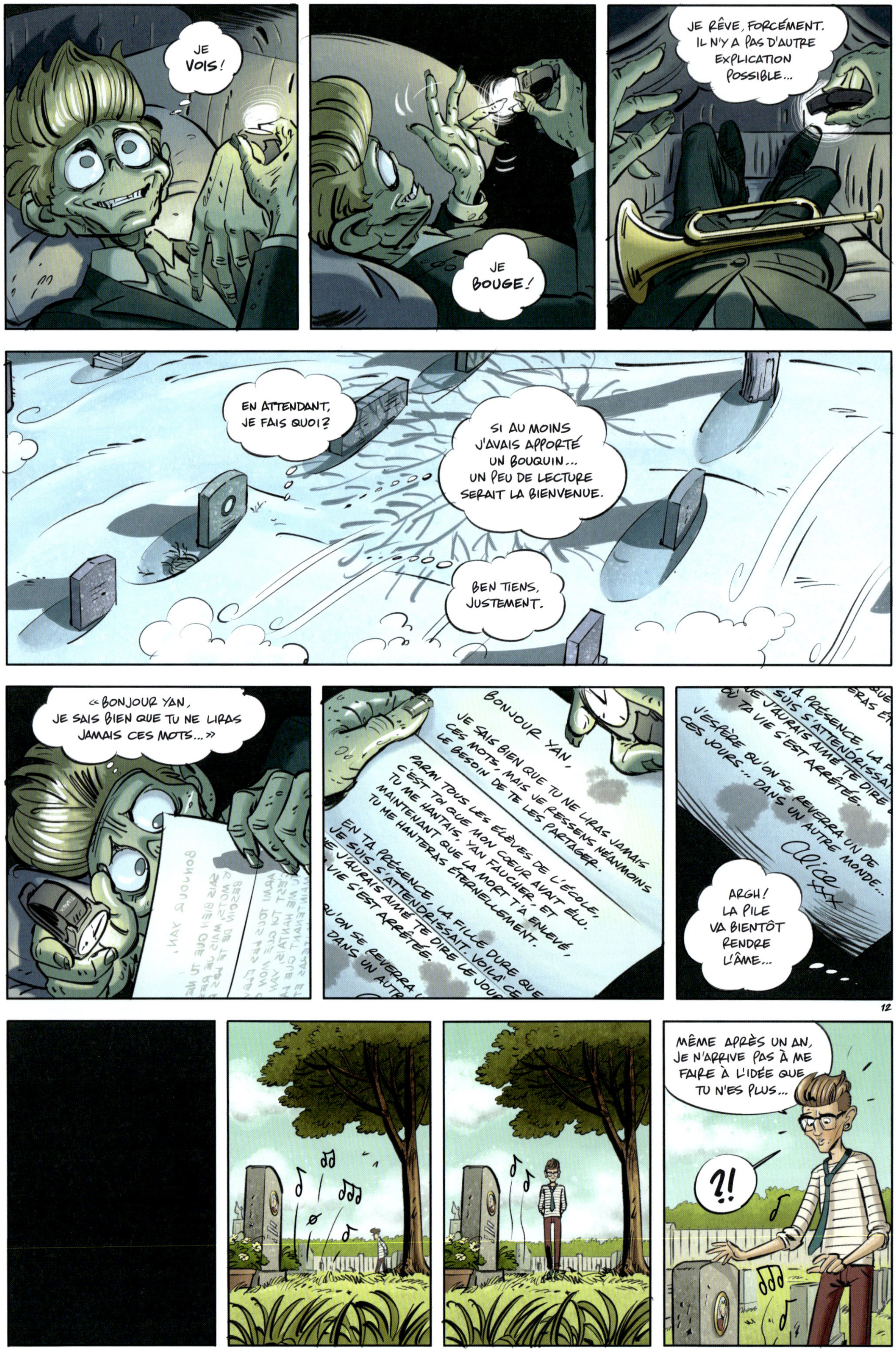
JE VOIS !
JE BOUGE !
JE RÊVE, FORCÉMENT. IL N'Y A PAS D'AUTRE EXPLICATION POSSIBLE...
EN ATTENDANT, JE FAIS QUOI ?
SI AU MOINS J'AVAIS APPORTÉ UN BOUQUIN... UN PEU DE LECTURE SERAIT LA BIENVENUE.
BEN TIENS, JUSTEMENT.
« BONJOUR YAN, JE SAIS BIEN QUE TU NE LIRAS JAMAIS CES MOTS... »
BONJOUR YAN,
JE SAIS BIEN QUE TU NE LIRAS JAMAIS CES MOTS, MAIS JE RESSENS NÉANMOINS LE BESOIN DE TE LES PARTAGER.
PARMI TOUS LES ÉLÈVES DE L'ÉCOLE, C'EST TOI QUE MON COEUR AVAIT ÉLU. TU ME HANTAIS, YAN FAUCHER. ET MAINTENANT QUE LA MORT T'A ENLEVÉ, TU ME HANTERAS ÉTERNELLEMENT.
EN TA PRÉSENCE, LA FILLE DURE QUE JE SUIS S'ATTENDRISSAIT.
J'ESPÈRE QU'ON SE REVERRA UN DE CES JOURS... DANS UN AUTRE MONDE...
ARGH ! LA PILE VA BIENTÔT RENDRE L'ÂME...
12
MÊME APRÈS UN AN, JE N'ARRIVE PAS À ME FAIRE À L'IDÉE QUE TU N'ES PLUS...
?!

YAN! C'EST TOI QUI JOUES DU CLAIRON?
NICO! NICO! C'EST TOI?
BOUM BOUM
YAN, T'ES LÀ! TU ME RÉPONDS! C'EST UN MIRACLE!
?!
WOO HOO HOO!
AHEM.
HEH HEH HEH ...
ÇA VA, NICOLAS?
TOC TOC TOC

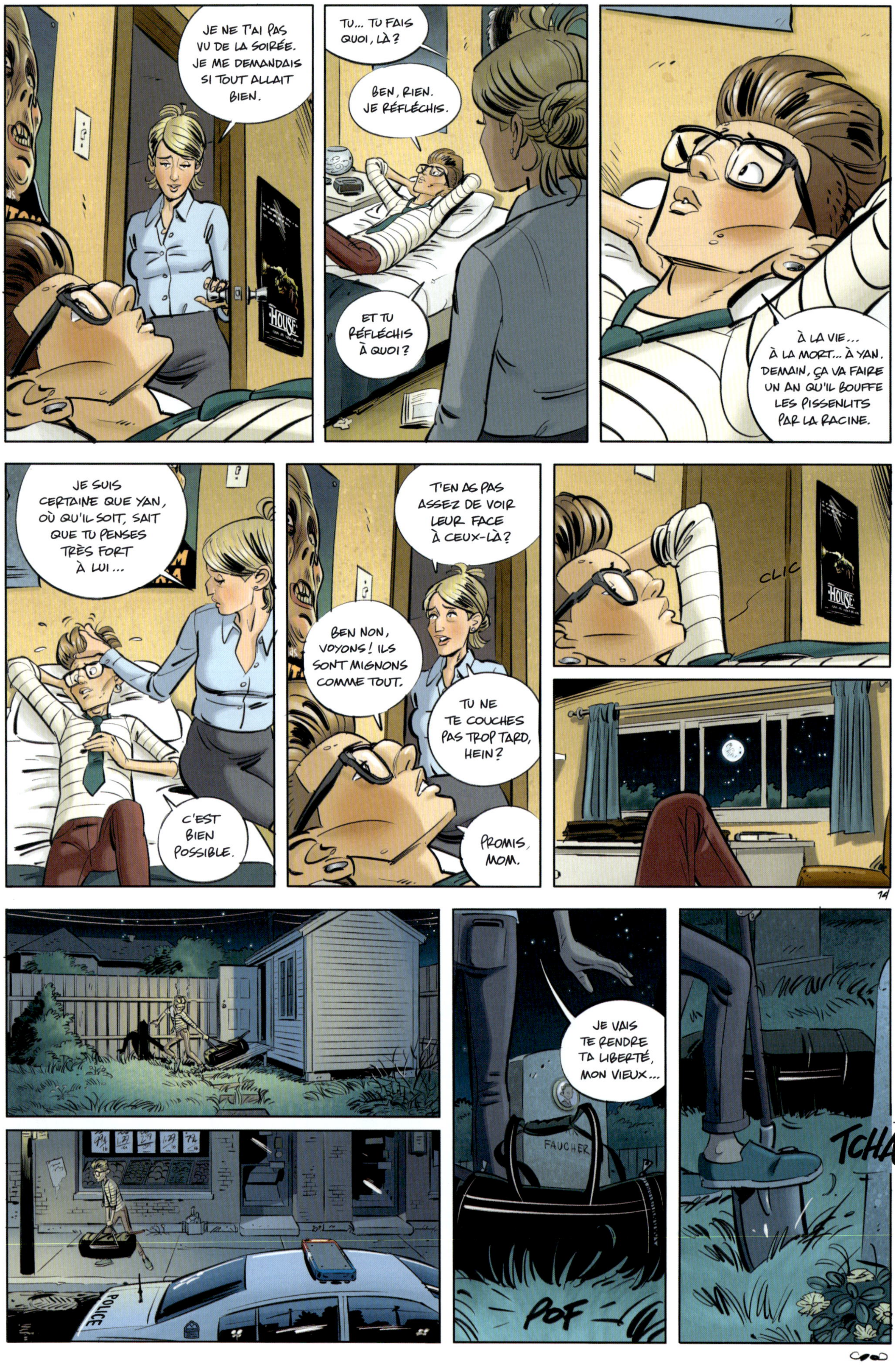
JE NE T'AI PAS VU DE LA SOIRÉE. JE ME DEMANDAIS SI TOUT ALLAIT BIEN.
HOUSE
TU... TU FAIS QUOI, LÀ ?
BEN, RIEN. JE RÉFLÉCHIS.
ET TU RÉFLÉCHIS À QUOI ?
À LA VIE... À LA MORT... À YAN. DEMAIN, ÇA VA FAIRE UN AN QU'IL BOUFFE LES PISSENLITS PAR LA RACINE.
JE SUIS CERTAINE QUE YAN, OÙ QU'IL SOIT, SAIT QUE TU PENSES TRÈS FORT À LUI...
C'EST BIEN POSSIBLE.
T'EN AS PAS ASSEZ DE VOIR LEUR FACE À CEUX-LÀ ?
BEN NON, VOYONS ! ILS SONT MIGNONS COMME TOUT.
TU NE TE COUCHES PAS TROP TARD, HEIN ?
PROMIS, MOM.
CLIC
HOUSE
POLICE
JE VAIS TE RENDRE TA LIBERTÉ, MON VIEUX...
FAUCHER
POF
TCHAC !

HUU! HUU! HUU!
HUU! HUU! HUU!
YAN FAUCHER
H.
H.
H.
QUELLE DRÔLE D'IDÉE D'ENTERRER LES MORTS AUSSI PROFOND!
CHTOK!
!
NICO!
OUI, OUI, YAN! C'EST MOI!
OH, YAN, T'AS PAS IDÉE COMME TU M'AS MANQUÉ!
JE VAIS BIENTÔT TE SORTIR DE LÀ!
Y A SEULEMENT UNE PLANCHE DE BOIS QUI NOUS SÉPARE!
NON, C'EST TOI QUI VAS SORTIR... ET TOUT DE SUITE.
JE CROIS QUE TU AS ASSEZ PELLETÉ POUR CETTE NUIT. MAINTENANT TU VAS VENIR TE REPOSER AU POSTE DE POLICE. ÇA VA TE FAIRE DU BIEN.
S'IL VOUS PLAÎT, MONSIEUR L'AGENT, LAISSEZ-MOI ENCORE DEUX MINUTES...
UNE LIMONADE, AVEC ÇA?
POLIC
ALLEZ! SORS DE LÀ! NE M'OBLIGE PAS À TE LE DIRE UNE TROISIÈME FOIS!

MAIS... JE NE FAIS RIEN DE MAL, M'SIEUR L'AGENT! JE NE SUIS PAS UN PILLEUR DE TOMBES...
C'EST MON MEILLEUR AMI QUI EST LÀ-DEDANS! IL N'EST PAS COMPLÈTEMENT MORT... JE FAISAIS ÇA POUR L'AIDER.
LE MEILLEUR SERVICE QUE TU PUISSES LUI RENDRE, C'EST DE LE LAISSER REPOSER EN PAIX.
ET À CETTE HEURE-CI, TU DEVRAIS DORMIR, TOI AUSSI!
JE REVIENDRAI, YAN... BOUGE PAS!
N'AIE CRAINTE, IL VA T'ATTENDRE BIEN SAGEMENT...
VIENS AVEC MOI.
ON FAIT VENIR LE TECHNICIEN EN SCÈNES DE CRIME?
APPELLE PLUTÔT LE FOSSOYEUR, QU'IL REMETTE LE TOUT EN ÉTAT.
IDÉALEMENT AVANT LE LEVER DU JOUR. PAS ENVIE QUE CET INCIDENT SE RETROUVE DANS LES MÉDIAS.
VOICI L'AGENTE PRUD'HOMME. ELLE EST TRÈS GENTILLE, TU VERRAS. C'EST ELLE QUI VA S'OCCUPER DE TOI.
SUIS-MOI.
MAIS C'EST MON AMI... JE NE PEUX PAS L'ABANDONNER!
POLICE
L'AMITIÉ, C'EST « À LA VIE, À LA MORT » POUR TOI, HEIN?
TOC! TOC!
?
16
POLICE
MMPH!
BRÔP
...
PO

YAN FAUCHER
BOUFF...
COUIIIIIII...
ICE 21
RÉVEILLEZ LES MORTS SI ÇA VOUS CHANTE... MAIS PITIÉ, LAISSEZ LES HONNÊTES TRAVAILLEURS DORMIR!

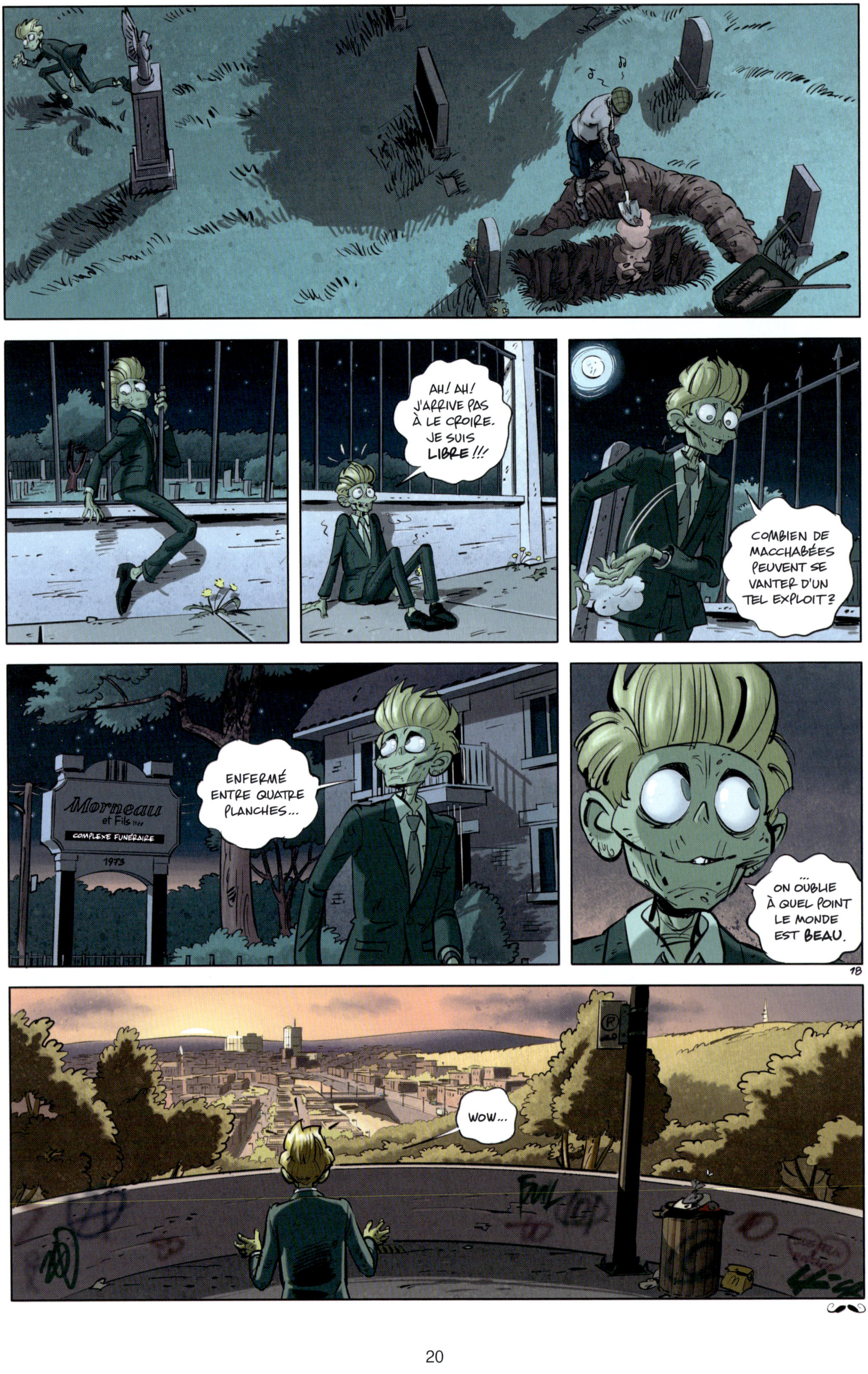

AH! AH! J'ARRIVE PAS À LE CROIRE. JE SUIS LIBRE !!!
COMBIEN DE MACCHABÉES PEUVENT SE VANTER D'UN TEL EXPLOIT ?
Morneau et Fils ltée
COMPLEXE FUNÉRAIRE
1973
ENFERMÉ ENTRE QUATRE PLANCHES...
... ON OUBLIE À QUEL POINT LE MONDE EST BEAU.
18
WOW...

DE TOUTE BEAUTÉ, N'EST-CE PAS?
JE VIENS ICI CHAQUE MATIN.
UNE FOIS, J'AI CROISÉ UN JEUNE QUI VOULAIT SAUTER. DIEU MERCI, J'AI RÉUSSI À LE FAIRE CHANGER D'IDÉE. PLUSIEURS ADOLESCENTS SE SONT DONNÉ LA MORT ICI...
RASSURE-MOI, C'EST PAS TON INTENTION, HEIN ?
...
TU M'AS L'AIR... UN PEU PERDU.
TES PARENTS SAVENT QUE TU ES ICI ?
JE PARIE QU'ILS SE FONT DU MAUVAIS SANG POUR TOI EN CE MOMENT...
19
JE VEUX PAS T'EMBÊTER MAIS...
!!!
FAUT PAS AVOIR PEUR ! JE SUIS PAS DU TOUT DANGEREUX...
PITIÉÉÉÉÉ!!! NE ME MANGEZ PAS !
MAIS POURQUOI JE VOUS MANGERAIS ?! J'SUIS PAS CANNIBALE !

À L'AIDE! À L'AIIIIIDE!
IL PEUT PAS LA BOUCLER, BORDEL! IL VA RÉVEILLER TOUT LE QUARTIER!
!
?
...
!!!
GRRRR WOUF! WOUF! WOUF!
PÔFFKKLING.!!
WOUF! WOUF! WOUF!
OH, OH.
WOUF! WOUF! WOUF! WOUF!
WOUF! WOUF! WOUF!
WOUF! WOUF! WOUF! WOUF!
20
BÎÎP... BÎÎP... BÎÎP...
CLANG CLANG
WWHIIIIRRRRRRRRRRRR
?

GEORGES, FAUT QUE TU VIENNES VOIR. Y A UN CORPS DANS LES ORDURES.
SI C'EST ENCORE UNE DE TES BLAGUES IDIOTES, LE CORPS DANS LES ORDURES, JE TE PROMETS QUE CE SERA LE TIEN!
JE TE JURE QU'IL ÉTAIT LÀ! JE L'AI VU DE MES PROPRES YEUX!!!
C'EST PAS JUSTE DU TABAC QUE T'AS FUMÉ CE MATIN, HEIN ?
VRRRRR
C'ÉTAIT PAS LA JOIE, LE CERCUEIL... MAIS AU MOINS, J'ÉTAIS EN SÉCURITÉ!
JE RISQUAIS PAS DE FINIR MES JOURS DANS UNE DÉCHARGE PUBLIQUE, LE SQUELETTE EN MIETTES!
SI... HIC! J'AVAIS UNE SALE GUEULE COMME LA TIENNE...
... JE SONGERAIS SÉRIEUSEMENT À LA CHIRURGIE ESTHÉT... HIC!
LA BEAUTÉ...
AHEM, HUM.
APRÈS AVOIR CROUPI UN AN DANS UN CERCUEIL, ME VOILÀ DE RETOUR À LA MAISON!
PAPA ET MAMAN N'EN REVIENDRONT PAS! OH! LA FACE QU'ILS VONT FAIRE EN ME VOYANT...

HMM... SEMBLE PAS Y AVOIR UN CHAT.
HOME, SWEET HOME!
Y A QUELQU'UN ?
MIAOUUUW ♪
-PRRRR PRRRR PRR-
CROQUEMITAINE! T'AS PAS CHANGÉ D'UN POIL!
COMME TU VOIS, JE PEUX PAS EN DIRE AUTANT. MAINTENANT, C'EST MOI QUI DEVRAIS PORTER TON NOM!
YAN FAUCHER
TON SOUVENIR NE NOUS QUITTERA JAMAIS. TU RESTERAS PARMI NOUS POUR TOUJOURS.
YANIKA
SALUT, PETITE SOEUR!
22

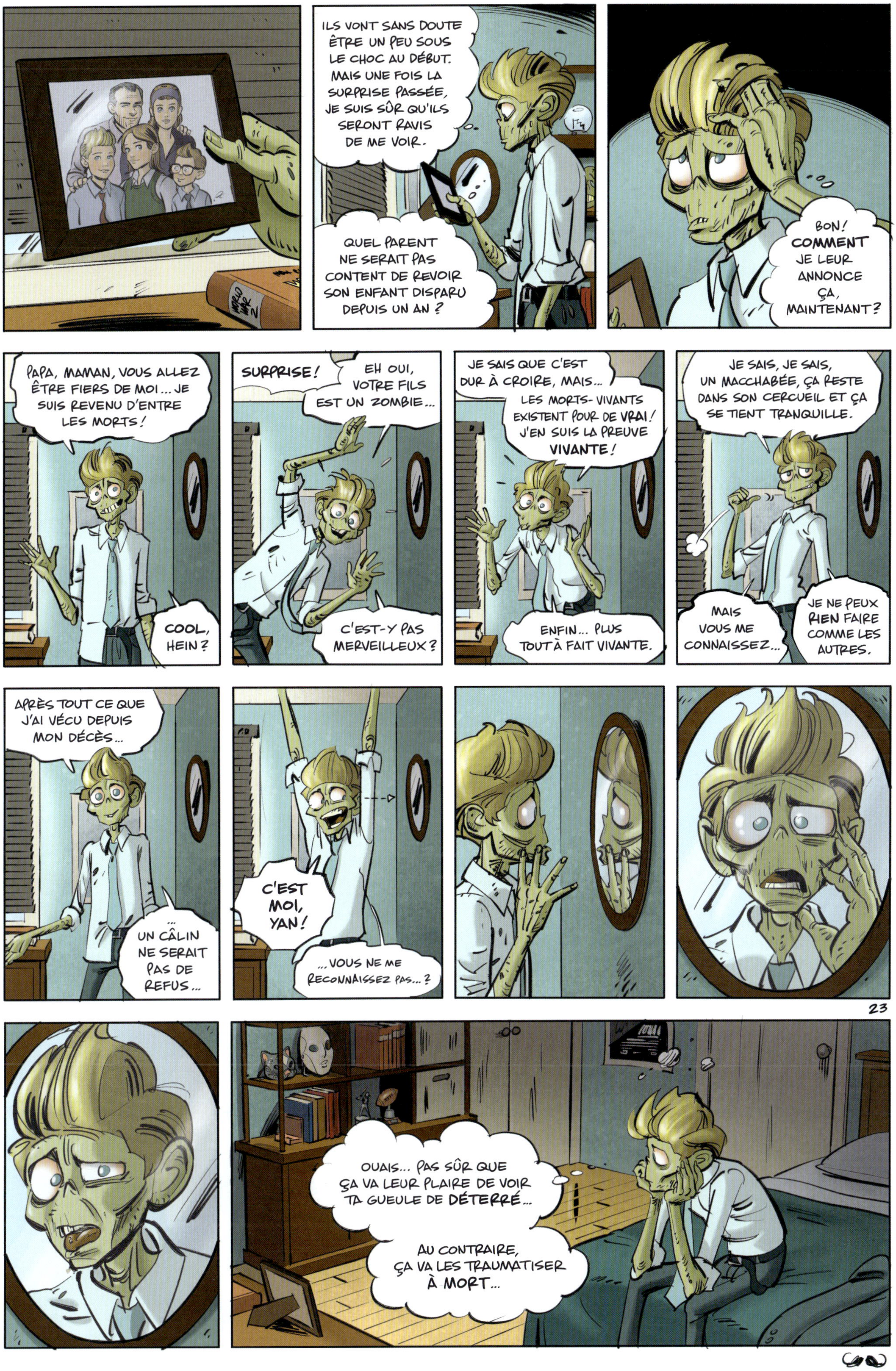
ILS VONT SANS DOUTE ÊTRE UN PEU SOUS LE CHOC AU DÉBUT. MAIS UNE FOIS LA SURPRISE PASSÉE, JE SUIS SÛR QU'ILS SERONT RAVIS DE ME VOIR.
QUEL PARENT NE SERAIT PAS CONTENT DE REVOIR SON ENFANT DISPARU DEPUIS UN AN ?
BON ! COMMENT JE LEUR ANNONCE ÇA, MAINTENANT ?
PAPA, MAMAN, VOUS ALLEZ ÊTRE FIERS DE MOI... JE SUIS REVENU D'ENTRE LES MORTS !
COOL, HEIN ?
SURPRISE !
EH OUI, VOTRE FILS EST UN ZOMBIE...
C'EST-Y PAS MERVEILLEUX ?
JE SAIS QUE C'EST DUR À CROIRE, MAIS...
LES MORTS-VIVANTS EXISTENT POUR DE VRAI ! J'EN SUIS LA PREUVE VIVANTE !
ENFIN... PLUS TOUT À FAIT VIVANTE.
JE SAIS, JE SAIS, UN MACCHABÉE, ÇA RESTE DANS SON CERCUEIL ET ÇA SE TIENT TRANQUILLE.
MAIS VOUS ME CONNAISSEZ...
JE NE PEUX RIEN FAIRE COMME LES AUTRES.
APRÈS TOUT CE QUE J'AI VÉCU DEPUIS MON DÉCÈS...
... UN CÂLIN NE SERAIT PAS DE REFUS...
C'EST MOI, YAN !
...VOUS NE ME RECONNAISSEZ PAS... ?
23
OUAIS... PAS SÛR QUE ÇA VA LEUR PLAIRE DE VOIR TA GUEULE DE DÉTERRÉ...
AU CONTRAIRE, ÇA VA LES TRAUMATISER À MORT...

REGARDE LA RÉALITÉ EN FACE, MON VIEUX... LE VRAI YAN FAUCHER A DISPARU. TOI, TU N'ES PLUS PERSONNE. TU N'HABITES PLUS ICI...
CLAC!
!
Y A QUELQU'UN ?

YES!
BIDIBIDIDI
BIDIBIDIDI
!!
AH, C'EST TOI!
J'EN AI TROUVÉ, OUI...
PAS TOUT, MAIS JE CROIS QUE ÇA VA SUFFIRE.
OÙ ÇA?
EN FACE DU «JOYEUX BORDEL», DEMAIN À MIDI TAPANT. C'EST NOTÉ.
MRA?
OK, JE SERAI LÀ... T'EN FAIS PAS, ÇA VA BIEN SE PASSER.
MRÂW?
CHHHH...
CLIC CLAC
OK, FAUT QUE JE TE LAISSE.
LA CAVALERIE ARRIVE. DEMAIN SANS FAUTE, PROMIS.
T'ES RENTRÉE, MARA?
BEURK! C'EST QUOI C'T'ODEUR DE VIANDE POURRIE?!

MARA, OÙ AS-TU PASSÉ LA NUIT ?
DANS UN LIT, COMME TOUT LE MONDE !
LE LIT DE QUI, ON PEUT SAVOIR ?
NON, VOUS POUVEZ PAS ! ÇA VOUS REGARDE PAS C'QUE J'FAIS ET AVEC QUI J'LE FAIS !
TES INTERROGATOIRES, GARDE-LES POUR TON MARI QUI RENTRE À DES HEURES IMPOSSIBLES...
CHANGE DE TON, MARA, SINON...
SINON QUOI ?
TU VAS APPELER LA POLICE ? TU VAS DEMANDER À TON BEAU MÉDIUM DE ME JETER UN SORT ?
CLAC !
26

JE SUIS DÉSOLÉE... C'EST PARTI TOUT SEUL.
QU'EST-CE QUI VOUS PREND ?!
YAN SE RETOURNERAIT DANS SA TOMBE S'IL VOUS VOYAIT VOUS CHAMAILLER COMME ÇA.
ÇA FAIT UN AN AUJOURD'HUI QU'IL NOUS A QUITTÉS.
EST-CE TROP DEMANDER QUE D'ENTERRER LA HACHE DE GUERRE POUR UNE SEULE JOURNÉE ?
PENSEZ À YANIKA ! CE SERAIT CHOUETTE DE NE PAS AVOIR UNE TÊTE D'ENTERREMENT À SON ANNIVERSAIRE.
ON EST UNE FAMILLE, BON SANG ! ON EST CENSÉS SE SERRER LES COUDES, PAS S'ENGUEULER À TOUT BOUT DE CHAMP !!!
PFF ! TU PARLES D'UNE FAMILLE...
UNE MÈRE QUI PERD LES PÉDALES...
UN PÈRE QUI A PERDU SA FIERTÉ...
ET UN FRÈRE QUI A PERDU SA LANGUE ET QUI N'A PAS L'AIR D'AVOIR ENVIE DE LA RETROUVER !
BEAU PORTRAIT DE FAMILLE...
MOI, J'AI PAS ENVIE D'HONORER LA MÉMOIRE DE YAN, C'ÉTAIT À LUI DE NE PAS MOURIR...
C'EST QUAND MÊME PAS SORCIER DE RESTER EN VIE, BORDEL !
TOC TOC TOC !
DÉSOLÉ DE PERTURBER VOTRE MATINÉE...
27
!
VOILÀ, J'AI LE REGRET DE VOUS ANNONCER QUE LA SÉPULTURE DE VOTRE FILS A ÉTÉ VANDALISÉE CETTE NUIT...
!
POLICE

NICOLAS KOWALSKI ÉTAIT UN AMI DE VOTRE FILS, N'EST-CE PAS ?
EXACT. QU'EST-CE QU'IL A FAIT ?
IL PRÉTEND AVOIR ENTENDU LE CADAVRE DE SON AMI JOUER D'UN INSTRUMENT DE MUSIQUE. IL A DONC ENTREPRIS DE L'EXHUMER...
!
JE VOUS RASSURE TOUT DE SUITE, L'ADOLESCENT A ÉTÉ APPRÉHENDÉ AVANT QU'IL NE PUISSE OUVRIR LE CERCUEIL.
DIEU DU CIEL !!!
À CE QUE J'AI PU COMPRENDRE, LE JEUNE N'EN ÉTAIT PAS À SA PREMIÈRE CRISE PSYCHOTIQUE...
OUI, IL A CONNU DES ÉPISODES SCHIZOPHRÉNIQUES, MAIS SON ÉTAT S'EST AMÉLIORÉ. COMMENT VA-T-IL ?
MIAOU ! MIAOU !
IL EST SOUS OBSERVATION PSYCHOLOGIQUE EN CE MOMENT.
?
OH NON, IL REGARDE PAR ICI !!!
TOC !
SWISH
DÉSIREZ-VOUS DÉPOSER UNE PLAINTE CONTRE...
!
CLINK !
QUELQU'UN LÀ-HAUT ?
OUI...
NOTRE PETITE FILLE QUI FÊTE SON PREMIER ANNIVERSAIRE AUJOURD'HUI. ET NON, C'EST HORS DE QUESTION QUE NOUS PORTIONS PLAINTE CONTRE NICOLAS KOWALSKI.
C'EST UN GARÇON UN PEU EXCENTRIQUE MAIS SANS MALICE.
LA MORT DE YAN A ÉTÉ UN COUP TRÈS DUR POUR LUI.
POUR NOUS TOUS.
TCHOUF
!
GÉNIAL, ÇA M'A MÊME PAS FAIT MAL.
ET J'AI PAS ENTENDU D'OS CRAQUER.
28

POLICE
C9-11
Val-des-Anges
UNE CHOSE EST SÛRE, TU PEUX TOUT DE SUITE FAIRE UNE CROIX SUR UNE CARRIÈRE DE TOP-MODÈLE !
MÊME DANS LES PIRES SCÉNARIOS QUE J'AVAIS IMAGINÉS DANS MON TOMBEAU, MA FAMILLE NE TOURNAIT PAS AUSSI MAL...
MARA A RAISON : J'AI ÉTÉ IDIOT DE MOURIR !
Café-Inn
DEPUIS 1993
OUAH !
À L'ANNÉE SCOLAIRE ENFIN TERMINÉE !
ET AUX VACANCES D'ÉTÉ QU'ON VA PASSER !
OUAH ! OUAH !
TU VAS ME LÂCHER, SALE BÊTE !
Café-Inn
GRRRRR !
!!!!!

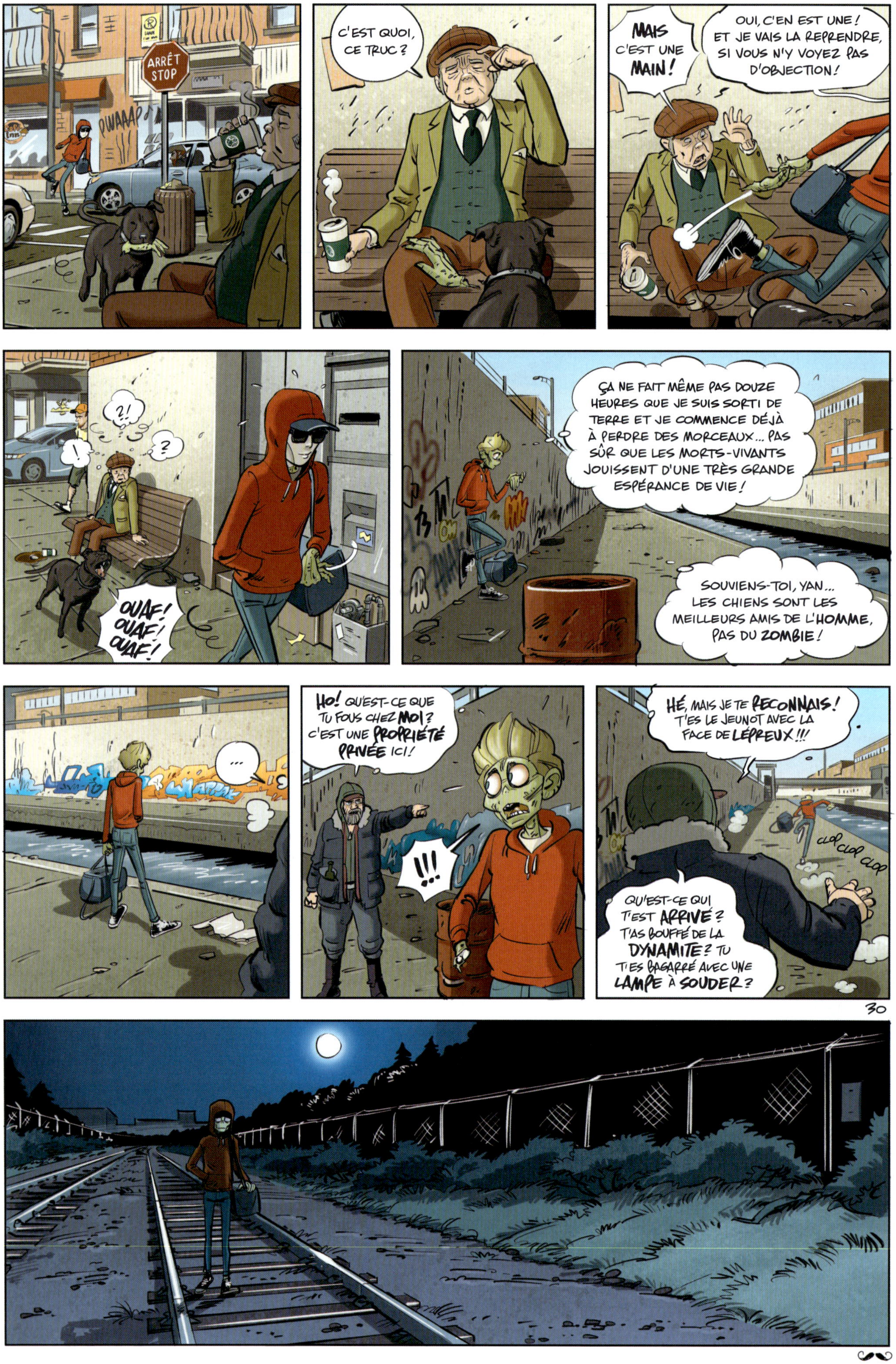
ARRÊT
STOP
PWAAAP
C'EST QUOI, CE TRUC ?
MAIS C'EST UNE MAIN !
OUI, C'EN EST UNE ! ET JE VAIS LA REPRENDRE, SI VOUS N'Y VOYEZ PAS D'OBJECTION !
?!
!
?
OUAF! OUAF! OUAF!
ÇA NE FAIT MÊME PAS DOUZE HEURES QUE JE SUIS SORTI DE TERRE ET JE COMMENCE DÉJÀ À PERDRE DES MORCEAUX... PAS SÛR QUE LES MORTS-VIVANTS JOUISSENT D'UNE TRÈS GRANDE ESPÉRANCE DE VIE !
SOUVIENS-TOI, YAN... LES CHIENS SONT LES MEILLEURS AMIS DE L'HOMME, PAS DU ZOMBIE !
...
HO! QU'EST-CE QUE TU FOUS CHEZ MOI ? C'EST UNE PROPRIÉTÉ PRIVÉE ICI !
!!!
HÉ, MAIS JE TE RECONNAIS ! T'ES LE JEUNOT AVEC LA FACE DE LÉPREUX !!!
CLOP CLOP CLOP
QU'EST-CE QUI T'EST ARRIVÉ ? T'AS BOUFFÉ DE LA DYNAMITE ? TU T'ES BAGARRÉ AVEC UNE LAMPE À SOUDER ?
30

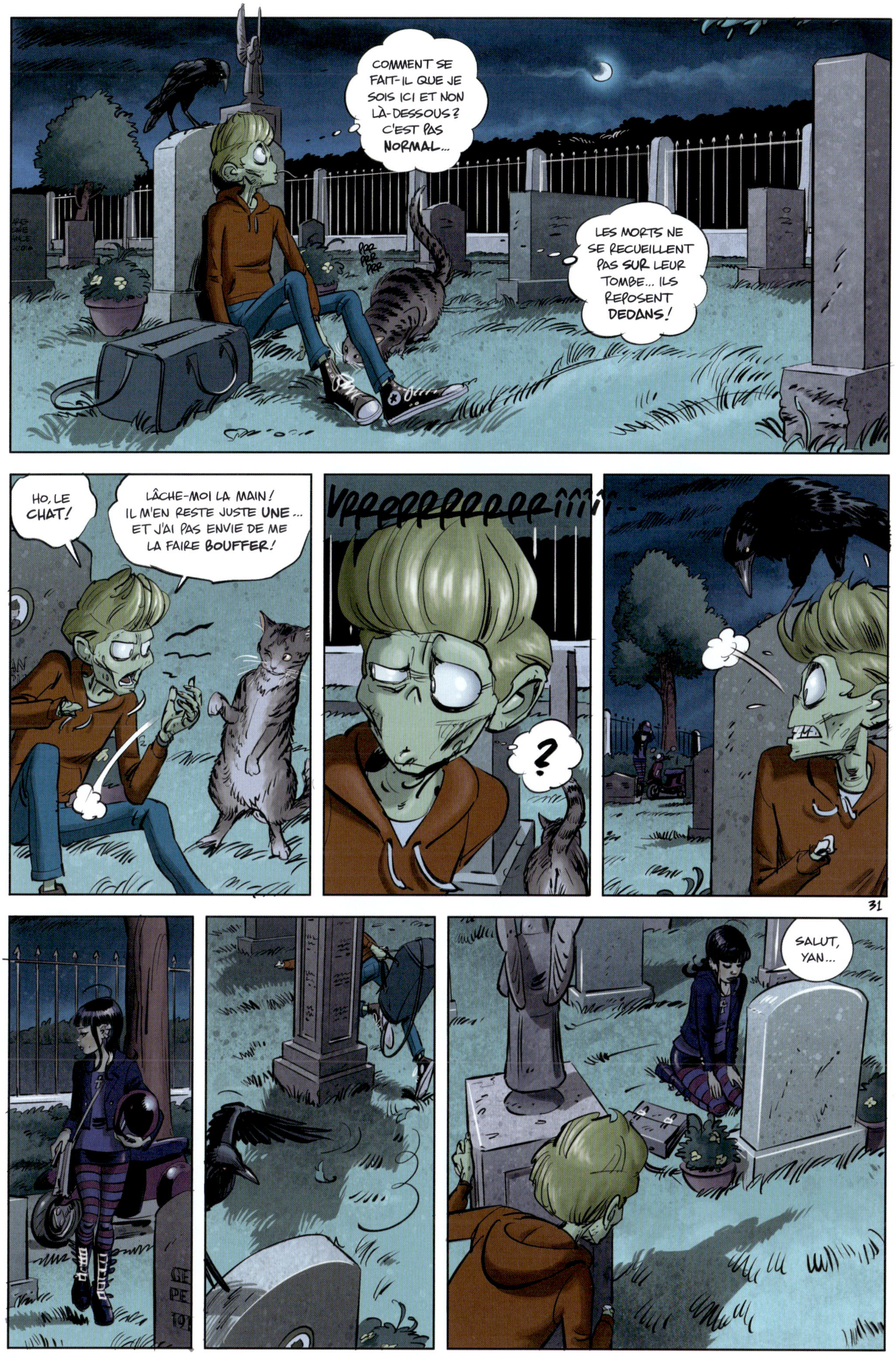
COMMENT SE FAIT-IL QUE JE SOIS ICI ET NON LÀ-DESSOUS ? C'EST PAS NORMAL...
LES MORTS NE SE RECUEILLENT PAS SUR LEUR TOMBE... ILS REPOSENT DEDANS !
HO, LE CHAT !
LÂCHE-MOI LA MAIN ! IL M'EN RESTE JUSTE UNE... ET J'AI PAS ENVIE DE ME LA FAIRE BOUFFER !
VRRRRRRRRRRRRÎÎÎÎ...
?
SALUT, YAN...

QU'EST-CE QUI S'EST PASSÉ ICI? TES PARENTS ONT DÉCIDÉ DE FAIRE UN JARDIN SUR TA TOMBE?
EN TOUT CAS, ILS T'ONT APPORTÉ DES NOUVELLES FLEURS, C'EST GENTIL.
OUI, JE SAIS, ÇA FAIT PLUSIEURS JOURS QUE JE NE SUIS PAS VENUE TE VOIR. J'ÉTAIS OCCUPÉE...
YAN FAUCHER
ARVIDA ROBIDOUX 1851-1901
EXUTOR
MAIS RASSURE-TOI, JE N'AI PAS CESSÉ DE PENSER À TOI.
À CHACUNE DE MES VISITES, C'EST MOI QUI PARLE... ALORS J'AI APPORTÉ ÇA... DANS L'ESPOIR QUE TU PUISSES T'EXPRIMER TOI AUSSI.
ON M'A DIT QUE ÇA NE MARCHE PAS SI L'ON EST SEUL...
MAIS JE NE PERDS PAS GRAND-CHOSE À ESSAYER, N'EST-CE PAS?
ALORS VOILÀ... COMMENÇONS PAR UNE QUESTION TOUTE SIMPLE...
YAN FAUCHER, EST-CE QUE TU M'ENTENDS?
CINQ SUR CINQ.
AAAAAAA AAAAAA AAAH!
TCH-TCH-CHUT!
AH...
AH...
AAAAAH!
HÉ! C'EST QUOI, CE BORDEL?
?

TIENS, TIENS, TIENS... UN AUTRE ADO QUI S'INTÉRESSE À LA TOMBE DE...
... YAN FAUCHER.
GLOUP !
UN PEU TARD POUR COMMUNIQUER AVEC LES MORTS, TU TROUVES PAS ?
MAIS TU CLAQUES DES DENTS, MA PAROLE ! T'AS VU UN FANTÔME OU QUOI ?
TU NE DEVRAIS PAS TRAÎNER LA NUIT DANS LES CIMETIÈRES. TU POURRAIS FAIRE DES MAUVAISES RENCONTRES.
T'AS DE LA CHANCE D'ÊTRE TOMBÉE SUR MOI...
C'EST FINI... TU N'AS PLUS RIEN À CRAINDRE...
!
?!
T'ES EN PARFAITE SÉCURITÉ AVEC MOI ...
GROAAAAAAAAAAAAAHHHH...
?
BRRRRROAAAAAAAAA...
YAN FAUCHER
MAIS QU'EST-CE QUE... !!!

AU SECOOOOUURS!!!
...
J'SUIS PAS MÉCHANT...
AAAAAAAAAAAAA
FAUT PAS SE FIER AUX APPARENCES.
...YAN ?
JE SAIS, J'AI PAS MAL CHANGÉ DEPUIS L'AN PASSÉ...
FAUT DIRE QU'UN SÉJOUR D'UN AN DANS UN CERCUEIL, ÇA LAISSE DES TRACES.
TU ES UN... UN...
ZOMBIE, MORT-VIVANT, REVENANT, CADAVRE AMBULANT... TOUTES CES RÉPONSES SONT BONNES.
MAIS COMMENT EST-CE POSSIBLE ?
JE ME POSE LA MÊME QUESTION, FIGURE-TOI.
JE SUIS CONTENT QUE TU SOIS LÀ, ALICE...
JE SAIS PAS POURQUOI, MAIS J'AI DU MAL À ME FAIRE DES AMIS CES TEMPS-CI.
PRR PRRRR
J'AIMERAIS BEAUCOUP DISCUTER, MAIS JE CROIS QU'ON FERAIT MIEUX DE FILER AVANT QUE LE GARDIEN APPELLE DES RENFORTS.
34
VRRRRRRRRRRRRRR

COMME J'AVAIS PAS MAL DE TEMPS LIBRE DANS MON CERCUEIL, J'AI JOUÉ DU CLAIRON.
J'IMAGINAIS QUE MES VOISINS SOUS TERRE SE LAISSAIENT BERCER PAR MA MUSIQUE...
SANS PENSER UNE SEULE SECONDE QUE LES GENS À LA SURFACE POUVAIENT L'ENTENDRE.
NICOLAS L'A ENTENDUE. POUR EN AVOIR LE COEUR NET, IL A COMMENCÉ À CREUSER.
IL S'APPRÊTAIT À OUVRIR MA TOMBE QUAND LES FLICS SONT ARRIVÉS.
LE TEMPS QUE LE FOSSOYEUR S'AMÈNE POUR EFFACER LES TRACES DE L'INFRACTION, JE ME SUIS TIRÉ. VOILÀ L'HISTOIRE INCROYABLE MAIS VRAIE DE MON ÉVASION !
MAIS... JE NE COMPRENDS PAS. COMMENT T'AS PU SURVIVRE À TA PROPRE MORT ?
SAIS PAS. MA CONSCIENCE NE S'EST PAS ÉTEINTE.
MON ÂME N'EST PAS MONTÉE AU CIEL...
C'EST LA PREMIÈRE FOIS QUE JE MEURS. JE NE SAIS PAS COMMENT C'EST SUPPOSÉ SE PASSER...
ET TOI, TES PARENTS SAVENT QUE TU ERRES DANS LES CIMETIÈRES AU MILIEU DE LA NUIT ?
TU RIGOLES ? JE LEUR AI DIT QUE JE COUCHAIS CHEZ UNE AMIE.
EN ALLANT ME RECUEILLIR SUR TA TOMBE, J'ESPÉRAIS COMMUNIQUER AVEC TON ESPRIT.
JE NE CROYAIS PAS QUE JE PASSERAIS RÉELLEMENT LA NUIT EN TA COMPAGNIE !!!
AH ÇA, ON PEUT DIRE QUE LA VIE NOUS EN RÉSERVE, DES SURPRISES, HEIN ?
TU COMPTES FAIRE QUOI, MAINTENANT ?
ESSAYER DE NE PAS PERDRE D'AUTRES MORCEAUX.
35
J'Y CROIS PAS, T'AS VU ÇA ?
MA MAIN FONCTIONNE ENCORE QUAND ELLE EST EN CONTACT AVEC MON BRAS !
TU M'AS DEMANDÉ CE QUE JE COMPTAIS FAIRE...
JE POURRAIS DONNER DES SPECTACLES DE MAGIE !
UN ZOMBIE PRESTIDIGITATEUR, ÇA S'EST JAMAIS VU !
OH, ATTENDS ! J'AI UNE IDÉE !
JE REVIENS TOUT DE SUITE...

VOILÀ LE PANSEMENT QU'IL TE FAUT !
CRRRRRRR
JE TRIMBALE TOUJOURS UN KIT DE SURVIE AU CAS OÙ MON SCOOTER TOMBERAIT EN PANNE...
GREFFE RÉUSSIE ! TE VOILÀ COMME NEUF !
DEVENIR INFIRMIÈRE POUR MORTS-VIVANTS, TU Y AS SONGÉ ?
LES PERSPECTIVES D'EMPLOI NE SONT PAS TRÈS BONNES DANS CE DOMAINE, NON ?
HÉ ! HÉ !
JE SUIS CURIEUSE DE SAVOIR... LE VESTON QUE TU PORTAIS DANS TON CERCUEIL, T'EN AS FAIT QUOI ?
HEU... JE L'AI MIS À LA POUBELLE.
AVEC LE RESTE DE MES VÊTEMENTS, POURQUOI ?
OH, POUR RIEN. JE ME DEMANDAIS, C'EST TOUT...
DIS-MOI, C'EST COMMENT D'ÊTRE MORT-VIVANT ?
BAH, C'EST COMME QUAND ON EST VIVANT, SAUF QU'ON EST MORT.
EST-CE QUE T'AS ENVIE, JE SAIS PAS, MOI, DE CROQUER LES GENS ?
HA ! HA ! HA ! TU REGARDES TROP LA TÉLÉ.
NON, LES GENS, JE PRÉFÈRE M'EN TENIR LOIN. C'EST EUX LE DANGER, PAS MOI.
TU M'AS PARLÉ DE TA RÉSURRECTION, PAS DE TA MORT...
JE SUIS SORTI PAR MIRACLE DE MON CERCUEIL, J'AI PAS TRÈS ENVIE DE PARLER DE CE QUI M'A PRÉCIPITÉ DEDANS...
36
AUJOURD'HUI, POUR LA PREMIÈRE FOIS, J'AI VU MA PETITE SOEUR... YANIKA. T'IMAGINES, ELLE EST NÉE LE JOUR OÙ JE SUIS MORT... COMME SI UNE RÈGLE COSMIQUE NOUS EMPÊCHAIT D'ÊTRE PLUS DE CINQ DANS LA FAMILLE.
ELLE EST TELLEMENT BELLE QUE ÇA ME FAISAIT PRESQUE MAL AUX YEUX DE LA REGARDER. J'AVAIS LE COEUR COMME DE LA GUIMAUVE. AU FIGURÉ, HEIN !
MON COEUR, AU LIEU DE LE LAISSER POURRIR DANS MA POITRINE, ON L'A CONFIÉ À QUELQU'UN QUI EN AVAIT BESOIN. J'IGNORE QUI...
ZZZ

MMM?
AI-JE RÊVÉ?...
...QUE J'ÉTAIS SORTI DE MA TOMBE?
TU N'AS PAS RÊVÉ... JE SUIS UN ZOMBIE CENT POUR CENT RÉEL!
J'AI BEAUCOUP RÉFLÉCHI CETTE NUIT. À NICOLAS, SURTOUT.
APRÈS SON FORFAIT, ON L'A ENVOYÉ EN PSYCHIATRIE.
IL N'EST PAS AU COURANT QUE SA MISSION DE SAUVETAGE A RÉUSSI.
IL FAUT QUE JE TROUVE UN MOYEN DE LE CONTACTER.
IL A UN PORTABLE? JE PEUX ESSAYER DE L'APPELER.
ÇA NE RÉPOND PAS...
JE LAISSE UN MESSAGE.
BONJOUR NICOLAS. C'EST ALICE LÉTOURNEAU. J'ÉTAIS DANS TA CLASSE L'AN DERNIER. JE SUIS AVEC UN TRÈS BON AMI À TOI QUI AIMERAIT BEAUCOUP TE VOIR. RAPPELLE-MOI AUSSITÔT QUE POSSIBLE, D'ACCORD?
ON VA LUI ENVOYER UNE PHOTO...
CLIC
EN LA VOYANT, IL VA TOUT DE SUITE COMPRENDRE DE QUOI IL RETOURNE!
37
SI NICO EST DE RETOUR CHEZ LUI, JE LE RAMÈNE AVEC MOI, PROMIS!
JE NE SERAI PAS PARTIE LONGTEMPS. À TOUT DE SUITE!
VRRRRRRRRRRRR

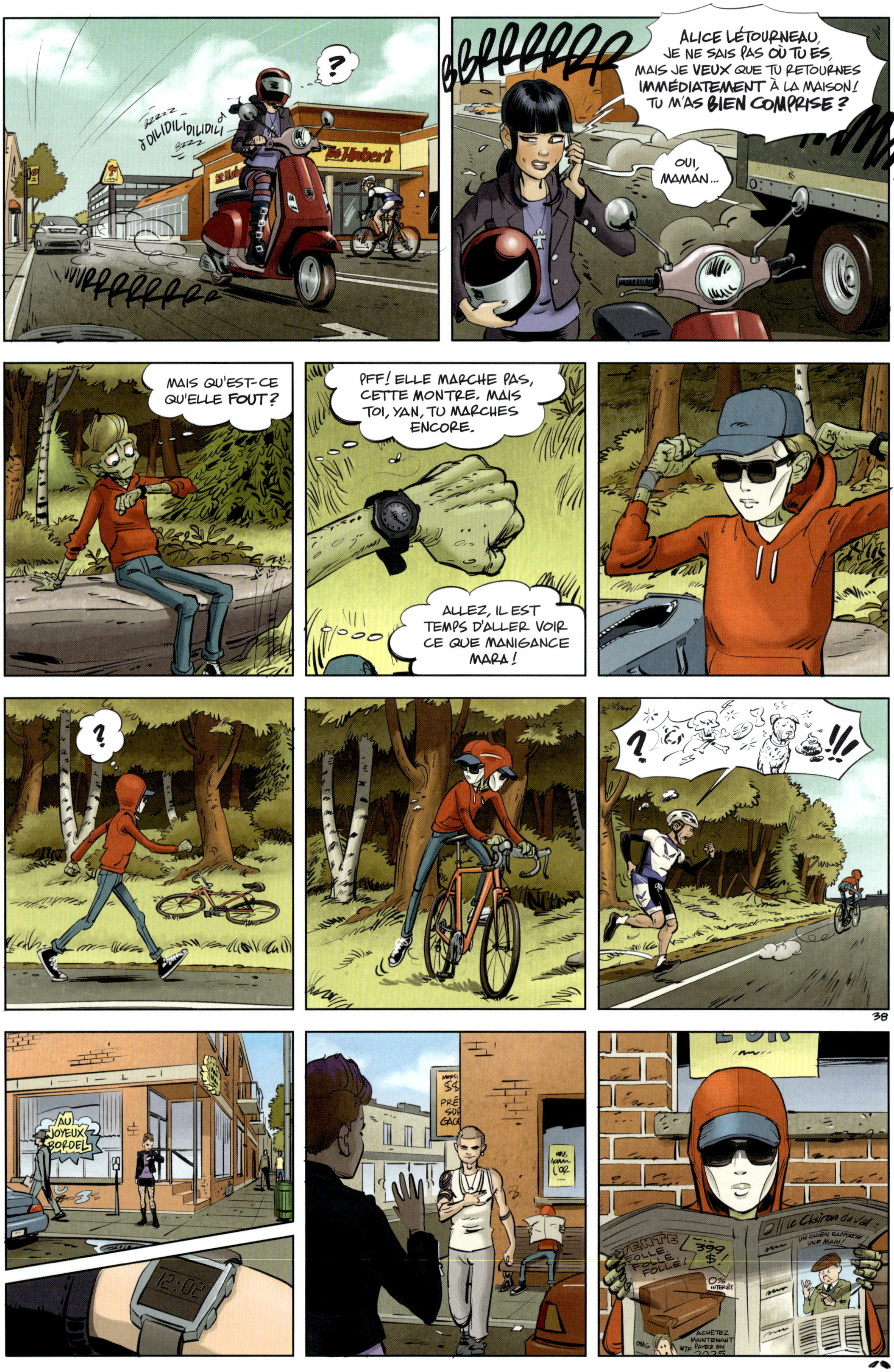
?
BZZZ DILIDILI DILIDILI BZZZ
St-Hubert
VVVRRRRRRRR
BBRRRRRRRR
ALICE LÉTOURNEAU, JE NE SAIS PAS OÙ TU ES, MAIS JE VEUX QUE TU RETOURNES IMMÉDIATEMENT À LA MAISON! TU M'AS BIEN COMPRISE?
OUI, MAMAN...
MAIS QU'EST-CE QU'ELLE FOUT?
PFF! ELLE MARCHE PAS, CETTE MONTRE. MAIS TOI, YAN, TU MARCHES ENCORE.
ALLEZ, IL EST TEMPS D'ALLER VOIR CE QUE MANIGANCE MARA!
?
? !!!
AU JOYEUX BORDEL
12:02
Le Clairon du Val
VENTE FOLLE, FOLLE, FOLLE!
399 $!
0% INTÉRÊT
ACHETEZ MAINTENANT PAYEZ EN 2025
UN CHIEN RAPPORTE UNE MAIN!

BEC!
TU M'AS DIT QU'IL ÉTAIT COOL. IL VA COMPRENDRE...
OUAIS, IL EST COOL...
... MAIS PAS TOUT LE TEMPS.
PAS TROP TÔT!
T'ES EN RETARD, JE TE SIGNALE.
MON TEMPS EST AUSSI PRÉCIEUX QUE L'ARGENT QUE TU ME DOIS, ALORS ABOULE LE CASH ET DÉGUERPISSEZ, TOUS LES DEUX.
!
T'AURAS LE RESTE AU DÉBUT DE LA SEMAINE PROCHAINE, JE TE LE PROMETS.
HMM... VOILÀ QUI EST TRÈS CONTRARIANT...
!!!
ET J'AI TENDANCE À PERDRE MON SANG-FROID QUAND JE SUIS CONTRARIÉ.
AOW!
HNG!
SOCK!
OUVH!
MAIS ARRÊTEZ, BANDE DE DÉGÉNÉRÉS!!!
TIENS! TIENS!
POF!
POF!
HOUFF...
AÏE!
HMPF!

TOI, LA POUFFIASSE, TU RESTES À TA PLACE ET TU FERMES TA GUEULE, COMPRIS ?
...
HÉ, ON A DE LA VISITE...
REGARDE-MOI CE GUIGNOL !
TOI, TU FERAIS MIEUX DE NE PAS T'EN MÊLER SI TU TIENS À TA PEAU...
JE CROIS QU'ON A AFFAIRE À UN JUSTICIER MASQUÉ...
UN SUPER LOSER QUI VOLE AU SECOURS DES FILLES EN DÉTRESSE... HA HA HA !
C'EST TRÈS BRAVE... ET TRÈS STUPIDE DE TA PART.
PAF
MAINTENANT, ENLÈVE TON MASQUE QU'ON VOIE TON JOLI VISAGE !
ÇA...
... C'EST POUR T'APPRENDRE À OBÉIR AUX ORDRES !!!
PAF
OH, P'TAIN ! SA FACE !...
40
ELLE EST COMPLÈTEMENT RAVAGÉE !
DIS DONC, NOUS DEUX...
... ON S'EST DÉJÀ VUS QUELQUE PART, NON ?

...
GRRR !
RRRHH !
CLIC !
ATTENTION AVEC ÇA, TU POURRAIS TE BLESSER, OU PIRE...
... TUER UN INNOCENT.
TCHAC !
AAAAH ...
EUUURK...
ON DIRAIT BIEN QUE L'HISTOIRE SE RÉPÈTE...
SEULEMENT CETTE FOIS ELLE FINIRA AUTREMENT.
JE LE JUUURE SUR LA TÊÊÊTE DU DERRRNIER TYPE DONT J'AI BOUFFÉ LA CEEERVELLE...
RESTE PAS PLANTÉ LÀ ! TU VOIS PAS QUE C'EST UNE SALOPERIE DE MORT-VIVANT ?
41
WOUÏWOUÏWOUÏWOUWÏW
POLICE
!!!
LÂCHE TON ARME !
POLIC

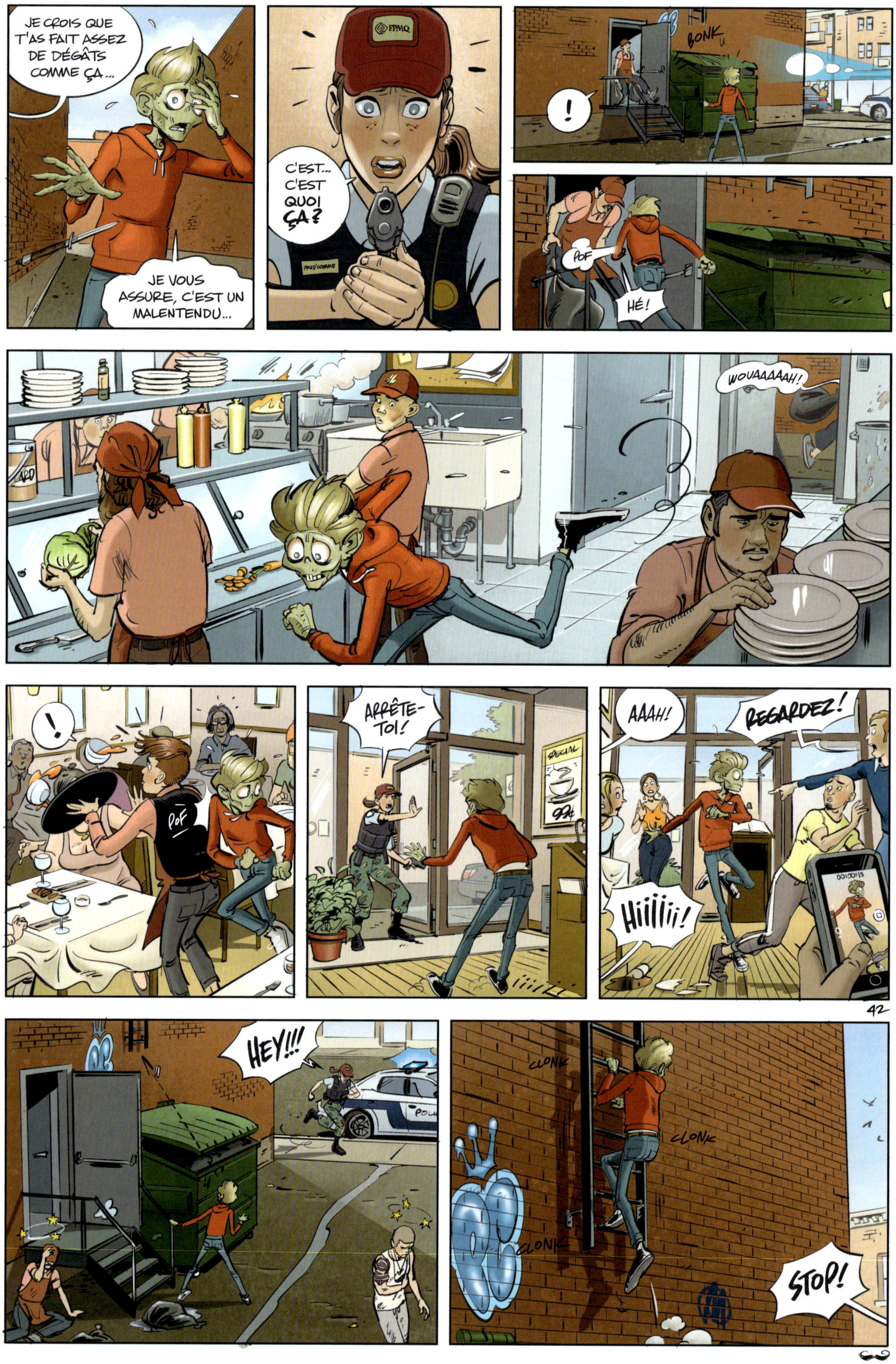
JE CROIS QUE T'AS FAIT ASSEZ DE DÉGÂTS COMME ÇA...
JE VOUS ASSURE, C'EST UN MALENTENDU...
FPMQ
C'EST... C'EST QUOI ÇA ?
BONK
!
POF
HÉ!
WOUAAAAAH!
!
POF
ARRÊTE-TOI!
AAAH!
REGARDEZ!
Hiiiiii!
42
HEY!!!
CLONK
CLONK
CLONK
STOP!

CLONK
CLONK
CLONK
CLONK
CLONK
KRR KRR KRR
NON!!!
WIIOUUUWIIOUUUWIIOUUUWIIOUUUWIIOUUUWIIOUUUWIIOUUUWIIOUUUWIIOUUU
43
BLOM
BOM
?
VRRRRRRRRR
PLOUF

C'EST TROP DUR, NICOLAS. JE NE VEUX PLUS JAMAIS ALLER TE CHERCHER À L'HÔPITAL.
LA DERNIÈRE FOIS, T'ÉTAIS REVENU À LA MAISON EN FAUTEUIL ROULANT. J'AI CRU QUE TU ALLAIS MOURIR, ET LÀ, J'APPRENDS QUE T'AS ESSAYÉ DE DÉTERRER UN CADAVRE.
CE SERA QUOI, LA PROCHAINE FOIS, HEIN ?
IL N'Y AURA PAS DE PROCHAINE FOIS.
POUR ÇA, TU DOIS RESPECTER TA MÉDICAMENTATION ET SUIVRE À LA LETTRE LES RECOMMANDATIONS DU PSYCHIATRE.
JE TE PROMETS DE FAIRE TOUT CE QU'IL FAUT. JE NE VEUX PLUS QUE MON IMAGINATION ME JOUE DES TOURS.
... A CRÉÉ L'ÉMOI CE MIDI AU RESTAURANT « CHEZ L'OGRE ».
L'IMAGINATION, C'EST BIEN. TROP D'IMAGINATION, C'EST... DANGEREUX POUR UNE PERSONNE COMME TOI.
JE SAIS, MOM. J'SUIS DÉSOLÉ.
L'ADOLESCENT, DÉGUISÉ EN MORT-VIVANT, QUI AURAIT REFUSÉ DE COLLABORER AVEC LES FORCES DE L'ORDRE, SE SERAIT INTRODUIT DANS L'ÉTABLISSEMENT PAR LA CUISINE POUR ENSUITE SE FAUFILER ENTRE LES TABLES, À LA GRANDE STUPÉFACTION DES CLIENTS PRÉSENTS...
IMAGINE LES CONSÉQUENCES SI LES FAUCHER AVAIENT DÉCIDÉ DE PORTER PLAINTE !
LE JEUNE DÉLINQUANT A PRIS LA FUITE PAR LE TOIT DE L'IMMEUBLE AVANT DE DISPARAÎTRE DANS LA NATURE.
POUR L'HEURE, L'INDIVIDU N'A PAS ENCORE ÉTÉ IDENTIFIÉ.
0:16 / 0:32
Zombie au resto "Chez l'ogre"
0:25 / 0:32
Zombie au resto "Chez l'ogre"
COMMENTAIRES • 32
DANS QUEL PÉTRIN T'ES-TU FOURRÉ ?!
C'EST MA FAUTE...
SI J'ÉTAIS ALLÉE TE RETROUVER COMME PRÉVU, TOUT ÇA NE SERAIT PAS ARRIVÉ.
OÙ TE CACHES-TU, YAN FAUCHER ?

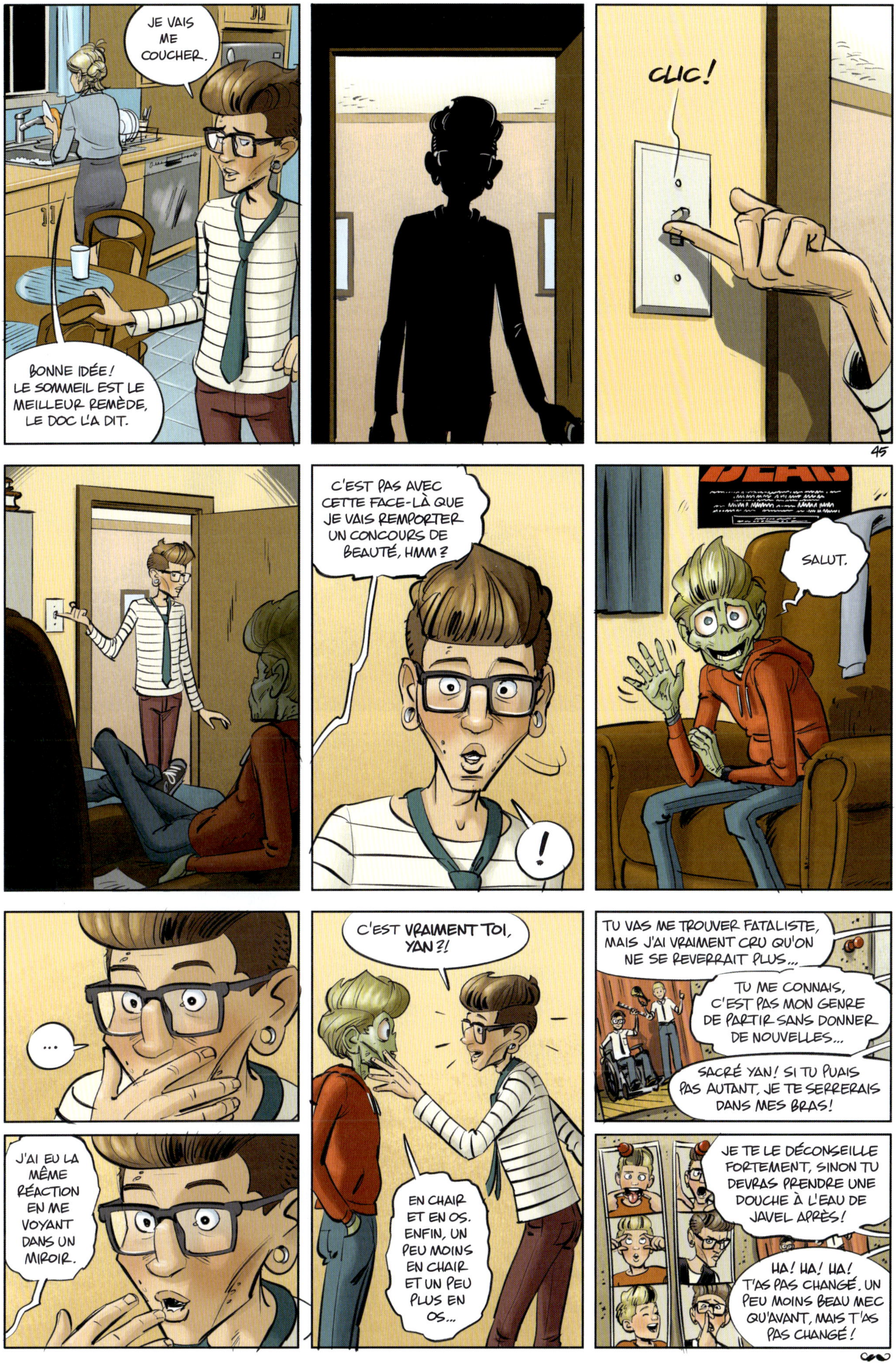
JE VAIS ME COUCHER.
BONNE IDÉE! LE SOMMEIL EST LE MEILLEUR REMÈDE, LE DOC L'A DIT.
CLIC!
45
C'EST PAS AVEC CETTE FACE-LÀ QUE JE VAIS REMPORTER UN CONCOURS DE BEAUTÉ, HMM?
!
SALUT.
...
J'AI EU LA MÊME RÉACTION EN ME VOYANT DANS UN MIROIR.
C'EST VRAIMENT TOI, YAN?!
EN CHAIR ET EN OS. ENFIN, UN PEU MOINS EN CHAIR ET UN PEU PLUS EN OS...
TU VAS ME TROUVER FATALISTE, MAIS J'AI VRAIMENT CRU QU'ON NE SE REVERRAIT PLUS...
TU ME CONNAIS, C'EST PAS MON GENRE DE PARTIR SANS DONNER DE NOUVELLES...
SACRÉ YAN! SI TU PUAIS PAS AUTANT, JE TE SERRERAIS DANS MES BRAS!
JE TE LE DÉCONSEILLE FORTEMENT, SINON TU DEVRAS PRENDRE UNE DOUCHE À L'EAU DE JAVEL APRÈS!
HA! HA! HA! T'AS PAS CHANGÉ. UN PEU MOINS BEAU MEC QU'AVANT, MAIS T'AS PAS CHANGÉ!

TU SAIS QUE MON PSY AVAIT FINI PAR ME CONVAINCRE QUE J'AVAIS FABULÉ? JE ME CROYAIS EN PLEINE PSYCHOSE, MOI!
EH NON! J'AI LE REGRET DE T'ANNONCER QUE TU ES **PARFAITEMENT** SAIN D'ESPRIT.
SANS TOI, JE SERAIS ENCORE EN TRAIN DE MOISIR DANS MON CERCUEIL...
TU M'AS SORTI DU TROU, JE NE TE REMERCIERAI JAMAIS ASSEZ!
BAH... ÇA SERT À ÇA, LES AMIS, NON?
MAINTENANT, TU VAS TOUT ME RACONTER. JE VEUX **TOUT** SAVOIR! COMMENT T'ES MORT?
COMMENT T'ES DEVENU UN ZOMBIE?
CLIC!
OUI, MAIS PAS TOUT DE SUITE...
POF
...J'AI BESOIN DE REPOS. JE SUIS **CREVÉ**... ÇA NE SE VOIT PAS?
46
LES DERNIÈRES 48 HEURES ONT ÉTÉ **PAS MAL** INTENSES. DANS MA TOMBE, IL N'Y AVAIT PAS TANT D'ACTION!
JE VAIS TE DIRE...
POUR UN GARS QUI VIENT DE PASSER **UN AN** ENTRE QUATRE PLANCHES, MOI, JE TE TROUVE PLUTÔT **EN FORME**!
PASCAL COLPRON + JOCELYN BOISVERT
OCT. 2015–FÉV. 2017

FIN
du tome 1